A Diane Camp
que siempre comparte su entusiasmo

Texto e ilustraciones © 2011 de Mo Willems
Traducido por F. Isabel Campoy
Traducción © 2015 de Hyperion Books for Children

Impreso en Malasia
Encuadernación reforzada
Edición primera en español, junio 2015
10 9 8 7 6 5 4 3 2
FAC-029191-16044

Library of Congress Cataloging-in-Publication Data
Willems, Mo, author, illustrator.
  [Should I share my ice cream? Spanish.]
  ¿Debo compartir mi helado? / Mo Willems ; adaptado al espanol por F. Isabel Campoy.
     pages cm
  "Un libro de Elefante y Cerdita."
  Summary: Gerald the elephant has a big decision to make, but will he make it in time?
  ISBN 978-1-4847-2291-6
[1. Sharing—Fiction. 2. Ice cream, ices, etc.—Fiction. 3. Friendship—Fiction. 4. Elephants—Fiction. 5. Pigs—Fiction. 6. Spanish language materials.] I. Campoy, F. Isabel, translator. II. Title.
  PZ73.W56472 2015
  [E]—dc23   2014024715

Le invitamos a visitar www.HyperionBooksforChildren.com y www.pigeonpresents.com

**Adaptado al español
por F. Isabel Campoy**

¿Debo compartir mi helado?

Por **Mo Willems**

Un libro de ELEFANTE y CERDITA

Hyperion Books for Children / *New York*
AN IMPRINT OF DISNEY BOOK GROUP

¡Helado!
¡Compren un
frío helado en
un día caluroso!

Aquí tiene.

A Cerdita también le encanta el helado.

Cerdita es mi mejor amiga.

¿Debo compartir mi impresionante, excelente, riquísimo, sabrosito, superior, genial, dulce, lindo helado?

Ella no sabe que tengo un helado.

28

¡Gracias! ¡Eso me haría feliz!

37

41

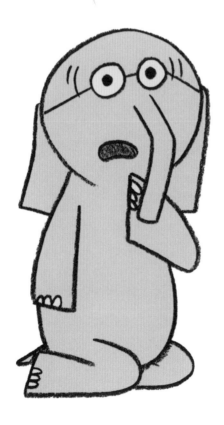

¡Ahora YO no puedo probar mi helado!

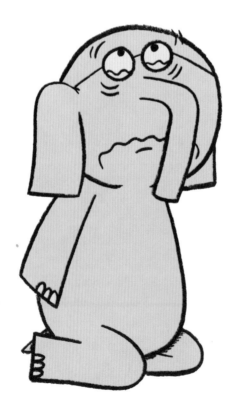

¡Gracias! ¡Eso me haría feliz!

¡RICO!

31901061128080